U0591392

编序

Preface

一般人都容易看到其他人光鲜亮丽的一面，却忽略了每个人的身后都有一道阴影，在阴影中藏着许多不为人知的障碍、辛苦与努力的过程。

对艺人来说，更是这样。

这本书的出版过程，着实超过一名编辑的最初预期。

数个月前的午后，与老萧的经纪人 Summer 聊出书的事。那时他刚演完公共电视高清频道的新戏，饰演一位心理医师，在此之前，从新闻中得知老萧有阅读障碍，他的人生、他的崛起、他的传奇，某种程度来说跟这种障碍脱离不了关系，也让我对此产生浓浓的好奇。

虽说老萧从小因学习成绩不好、误入歧途却努力翻转人生的故事，早已成为活教材而广为人知，但身为听说读写无碍的正常人，实在很难理解他如何克服生活中的大小问题。就拿演戏来说，他没法像一般演员一样读、背剧本，又该如何记台词，诠释心理医师的角色？

通过深度访谈才知道，原来老萧小时候洗澡时因为看不懂标签，不知道哪瓶是洗发精，哪瓶是沐浴乳，老是被骂；他阅读跟不上字幕跑的速度，所以外语电影他必须反复看 10 次以上才能理解；他刚出道时的"惜字如金"，只是担心脏话脱口而出；他害怕乘飞机的恐惧症，严重到必须看心理医师……

"不如让老萧跟几位心理咨询师对谈，或许能激发出不一样的火花，如何？"我跟 Summer 提出这样的建议。

我们安排老萧与周慕姿、九色夫两位同作家的心理咨询师对谈，理论上心理咨询师应该是主导话题的一方，引导谈话者讲出想讲的话，但实际对谈过程中角色却颠倒过来。面对两位经验丰富的心理咨询专业工作者，老萧反客为主，一个又一个犀利的提问，直指人生、感情、价值、道德。顿时有种错觉，到底谁是心理咨询师？谁又是病人？又或者，这两者间的界线本来就没这么泾渭分明？

每个人都可能藏着心理的障碍，同时又成为某人的心理咨询师？

编序

Preface

正当双方谈兴正酣时，在一旁默默观察的 Summer 发了一条信息给我："他永远能让我惊喜！"

整理书稿时，我逐渐理解那些"惊喜"来自何处：他说"练习就是不要脸"，一个人不断苦练，不怕丢脸才有效果；他说"有没有天分是别人说，努不努力是自己做"，从不给自己不试试看的借口；他说"人与人的相处，应该要真诚地保持距离"，也无怪乎他在圈内人缘极好，得道多助。

那个传统价值观中不会念书的笨孩子，其实聪明无比，就算有再多别人眼中的不完美，但他永远不害怕面对真实的自己，站起身，跨过人生中那些坑坑洼洼的洞，将你眼中的缺陷，变成他独一无二的天赋。

这本书是老萧的"48话"，48个微型世界观、人生观，你不必成为萧敬腾，但肯定也能跟他一样，成为自己的心理治疗师。

不一样，没关系，不一样，才精彩！

目录

Contents

0

1

不一样也没关系

为什么别人简简单单就能做到的事，我不管多努力，就是看不懂？

我无法分辨"洗发精"跟"沐浴乳"。

在学校里被贴上了坏学生的标签。

看电影我只能看国语片。

我很难有跟其他人看电影一起笑、一起哭的经验。

2

大人的世界

我非常爱奶奶，但她过世的时候我连眼泪都没掉一滴。
其实，我不认为奶奶已经过世——
因为每天似乎还能看到奶奶坐在她的椅子上，
我跟家人说我看得到奶奶，但没有人相信我。

目 录

Contents

3

练习就是不要脸

我有个怪癖，练习一定要自己一个人，
还没练好之前要我在其他人面前表演，
比让人看到洗澡赤裸全身还不自在。
只有面对自己的时候，不需要担心要不要脸的问题。

4

决定自己呼吸的方式

很多人都觉得我的命运很好，我其实也一直心存感激。
我们该认命地相信命运，还是坚信人定胜天？
如果为了避免不幸发生，而改变命运，会不会也错过后来发生的好事呢？
如果人生可以重来，我还是会选择我原来的命运，而不是被修改过的命。

目录

Contents

5

如果能够再来一次

任何人都无法毫无悔恨地度过人生，
就算过去的人生有遗憾，那都是让你变成现在的你的养分。
当然，未来我一定还会经历很多事，
不管是好事还是坏事，我都不想错过。

1

不一样也没关系

为什么别人简简单单就能做到的事，我不管多努力，就是看不懂？

我无法分辨"洗发精"跟"沐浴乳"。

在学校里被贴上了坏学生的标签。

看电影我只能看国语片。

我很难有跟其他人看电影一起笑、一起哭的经验。

1

对有障碍的人来说，
最痛苦的不是障碍本身，
而是别人的不理解

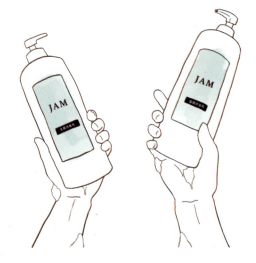

大概是小学低年级的时候，那时哥哥姐姐常拿着漫画书，一边看一边大笑，当时我就想，这是什么样的一本书，可以让他们看得如此开心？我顺手把桌上的漫画书拿来看，但左看右看，我都不懂好笑的点在哪里。

我问他们哪个地方好笑，听他们讲完之后再看一遍，甚至试着把对话框里面的字一个一个读出来，但还是没办法知道这一整段话是在讲什么。更困扰的是，我无法决定漫画要从哪一格看起，是该由上往下，还是从左到右？

在我读小学的年代，看漫画书是小朋友最重要的娱乐活动，家里兄弟姐妹又多，因此经常有一堆漫画书，但我却连两页都没有读完过。

阅读障碍对小朋友的困扰还不止看不懂漫画书这

件事而已，小时候我没办法分辨"洗发精"跟"沐浴乳"的差别，外形看起来都一样，我也看不懂标签上密密麻麻的说明文字，只好洗到一半在浴室里大喊："哪一瓶是沐浴乳？哪一瓶是洗发精？"

家人都以为我太皮找麻烦，在学校里也常因类似的原因被老师或同学骂。小学时还好，但从中学开始课业压力变大，我怎么读都读不懂，成绩跟不上。其他人只知道"你是最后一名""上课时你都在睡觉"，身上就贴上了坏学生的标签。

阅读障碍的人生活上会有一些小问题，是正常人无法理解的。比如，我没办法看国语以外的电影，因为我英文不好，看字幕的速度又很慢，如果剧情比较复杂需要靠字幕来理解，常常我才看懂前面的两三个字，直接就跳到下一段了。除非我不停地按暂停，或重复看很多次（我还真的看过了 10 次以上的《泰坦尼克号》），但也因为这个原因，我很难有跟其他人看电影一起笑、一起哭的经验。

为什么别人简简单单就能做到的事，我不管多努力，就是看不懂？小时候我很生自己的气，长大之后慢慢就习惯了，只要习惯就不会觉得特别痛苦。其实对有阅读障碍的人来说，最痛苦的并不是障碍本身，而是别人的不理解。

洗厕所超有意义超有成就感

　　因为阅读障碍，学生时期的我在同学跟老师的眼中，就是个成绩不好的笨蛋。虽然我书念得不好，跟其他的同学相比，不需要靠文字学习的科目，像画图、雕刻跟运动我都很擅长，尤其是需要下苦力的事，我都做得又快又好。

　　同学们最怕被老师罚洗厕所，但我刚好相反，每次被罚就觉得太棒了！这根本就是我最擅长的事！我不怕脏、不怕臭，绝对会把厕所洗到每一块瓷砖都亮晶晶的，干净到让每个来上厕所的同学或老师吓一跳，我就觉得这件事超有意义，超有成就感。

　　像我们这种不爱念书的学生，学校开了一个班专门收留，给了一个好听的名字叫"技艺教育班"，但其实有点像传统的放牛班，一般的课程既然跟不上，就安排学生做木工之类的劳动，每天都有事做，过得很开心。

我觉得传统的教育模式，就是一种追求效率的做法，让每个老师可以用一样的方法来教 50 名学生，但每个人的天分都不一样，当然就会有少数人没办法适应，我就是其中的一个。

　　大人碰到不想做的事会钻漏洞偷懒，想出各种理由或办法，去做或不做某些事。但小朋友不一样，如果他做不到或不想做某件事，一定有背后的原因。我觉得教育要做的，应该就是去了解原因，而不是只因为孩子做不到，就觉得是他笨或是偷懒，用责备或督促的方式逼他做到。

　　教育是我未来想做跟一定会做的事，我希望每个跟别人不一样的孩子都能被理解，或许，先从教大家如何把厕所洗得亮晶晶开始？

3

没人可以理解其他人的痛苦，喜悦也一样

　　不管是为了自己，或为了喜欢的人，我曾经很努力试着要克服阅读障碍。

　　比方说，大约两年前，我一边当艺人，一边在学校念书。那一次的期中考试，我花了很多心力准备，心里很确定地想："OK！来考吧！我都准备好了！"

甚至期待考试的到来，结果到了考试的时候，老师发了考卷，我翻开一看，总共有 25 题，低着头拼命写，觉得自己跟以前不一样了。但当我写到第 10 题的时候，忽然听到老师说："剩下最后 5 分钟。"

我当场傻眼，抬头看看其他同学，想找找是不是有人跟我一样写不完的？但我发现大家好像都写得差不多了，甚至有同学举手问："老师，我可以现在交卷吗？"

我当下就想说：怎么可能！怎么又是这样！

我从小回答问题的速度就比其他人慢，不是不会或不想写，就是写不完，考卷的后半部分试题都是用猜的，所以每次考试试卷后面总是错得一塌糊涂。

我本来以为，那次考试可以不一样。

因为我当时已经是艺人了，更不想让老师觉得我故意捣乱，所以在考卷后面写了留言跟老师说明，后面 15 题没写，不是故意，而是我真的尽力了。

看到留言的老师还特别来找我，主动询问我的状况。不过还好，大学之后的教学方式，比较着重于发表、申论、对谈，需要文字跟阅读的部分也还是有，但比例比较少一点，而且现在大家都了解"阅读障碍"是怎么一回事，比较有同理心。

没有人可以完全理解其他人的痛苦或喜悦，年纪大一点之后比较能接受自己的缺点，也愿意说出来，有些事情能说出来就会变得比较简单。

4

先巩固好自己的优点，
再尽可能让缺点减少，
我只是一直都这样做而已

每个人的时间都是有限的，应该根据自己的能力做好时间配置，比方说，我有阅读障碍，所以我的英文一直学不好。其实，英文学不好，对现在的我来说，影响不算太大，因为我身边有很多英文很好的伙伴，像我的经纪人Summer姐。

但我不会因为自己的缺陷而完全放弃学英文，我一直在寻找能让自己多学一点英文的方式。又比方，我对成语的理解能力也非常有限，很多成语根本听不懂，更别说要使用在对话上，我也会去找一本成语书，在有限的时间里慢慢地读，就算自己没办法用成语形容，起码也能听得懂别人在讲什么。

但我不会把大部分的时间放在这些事情上，我会先巩固好自己擅长的部分（像音乐），剩下的时间才用来加强其他方面的学习。

5

每个人都是独立的个体，
而独立是生存的必要条件

跟写作《情绪勒索》的心理咨询师周慕姿聊天，谈起关于情绪勒索的相关话题。

我觉得这个状况存在于社会的每一个角落，只要有人际关系的地方，就可能产生情绪勒索，越亲密的人之间，这种情形就可能越严重。

我从小就觉得妈妈很辛苦，除了要十月怀胎忍痛生下小孩外，还得为了养育小孩放弃许多梦想。因为这样，她们当然会对小孩有些期待，但小孩脱离娘胎后就是独立的个体，他们也有自己想做的事，有自己必须处理的人生课题，无法完全按照妈妈的期待生活。然而，能长到这么大，毕竟是接受了爸妈很多的照顾与恩惠，又无法完全不顾他们的想法，就产生了"情绪勒索"的状况。

"对啊！我在心理咨询师临床遇到的状况中，这样的情形占了六七成，所以，我才兴起写这本书的念头，让大家正视这个议题。"周慕姿说。

我觉得想要改善这个问题，必须正视每个人都是独立个体这件事。

因为是独立的个体，所以不管是父母或小孩，甚至是情人或朋友之间，大家都必须互相尊重，在这个前提下，每个人才有生存的可能。

做妈妈的不用因为自己十月怀胎辛苦把小孩生出来养大，就认为孩子必须要按照自己的方式生活，稍微不如意就搬出"想当初……"来威胁小孩。

小孩也不需要因为无法照父母的期待去做，就产生压力跟愧疚，觉得自己亏欠了父母或是对自己的价值产生怀疑。

不只是亲子之间，情人跟朋友之间也是这样。要用平等的态度去对待每一个人，不管是男人还是女人，大人还是小孩。

每个人都是独立的个体，都有自己的功课与人生需要去完成。

6

跟别人一样，
只是寻求安心与认同的方式

很多人害怕自己跟别人不一样，也有很多人害怕别人跟自己不一样。

因此，必须想尽办法把周遭的人同类化，或是，让自己跟周围的人都一样，借以得到安全感（反正，好，大家一起好；死，大家一起死）。

但这真的是对的吗？

会不会这一切只是个陷阱呢？我经常这么觉得。

比方，当过兵的男生一定会跟其他人谈论当兵的很多事，仿佛没当过兵，人生就缺少了重要的一页。

但其实，心里却想着：当兵真是浪费时间，能不当兵多好！

比方说，很多女生结婚生子后，就会催促其他女性朋友也要走上一样的路，不断地夸大结婚生子的好处，就好像婚后的种种冲突跟苦恼都不曾发生过一般，又好像若没有结婚生子，生活就会有很多缺憾。

　　但其实，当她们看到其他还没走入婚姻的女性朋友，继续打扮光鲜，过着多彩多姿的单身生活时，心里经常是很羡慕的。

　　跟别人一样的生命历程真的适合每一个人吗？或者，这真的适合我吗？

　　很多人都这样怀疑过吧！

　　我觉得这是一个很值得思考的问题，至少当我们决定要跟别人一样时，一定要想想：我是真的想这么做，还是只是缺乏自信跟安全感？

2

大人的世界

我非常爱奶奶，但她过世的时候我连眼泪都没掉一滴。
其实，我不认为奶奶已经过世——
因为每天似乎还能看到奶奶坐在她的椅子上，
我跟家人说我看得到奶奶，但没有人相信我。

7

神会心眼小到
叫你不要跟某些人或其他神做朋友吗？
应该不至于吧

　　我家全家都是基督徒，我的叔叔是牧师，全家除了我以外都受洗（我也不知道为何自己没受洗），我从小就是在讲道中成长，信仰的第一位神就是上帝。上中学之后因为在万华长大，开始进出宫庙，一开始，家人很反对，我甚至还因此常被教训。

　　我觉得，信仰应该是种大爱的正能量，我信仰的，并不是单一的神，所有能正向帮助人类的神我都尊重。

　　怎么有点像"全能神"，神会心眼小到叫你不要跟其他的神或人做朋友吗？我觉得应该不至于吧！（有神这么小气的吗？）

　　我需要神的支持跟勇气，比方说乘飞机的时候就会祷告。我的祷告词有一定的顺序，通常先从上帝开始，然后逐一念出我信仰的众神，接着是我过世的亲人、朋友，全数依序念完后，跟他们讲话祷告，感觉自己跟他们的距离很近，我祈求他们给我健康、平安和勇气，这样对我就已经足够了。

我从来没求过财，就算我跟财神爷祷告也不曾求财，只祈求他给我平安。求财这样的话，我说不出口，想要赚钱，自己认真工作就好。

8

频率对得上才可能沟通

我觉得，沟通，最重要的是：频率可以对得上。

在这个充斥众多信息的网络时代，每天有数以亿万计条资讯通过各种方式穿梭，一个人一天究竟可以接触到几条？其中又有多少能真正传入人的心里、脑里，甚至产生互动或共鸣？

古人常说的"话不投机半句多"，大概就是这个道理。

频率对了，才可能接收到信息，信息内容引起人的兴趣跟关注，才可能激发共鸣产生互动，有了互动才算得上有效的沟通。

至于频率要怎么样才能对得上？

可能就是所谓的缘分吧！

9

大人很爱说谎，
但被揭穿后就会很生气

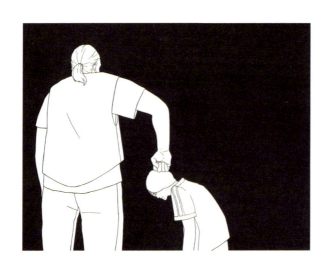

那一年，我奶奶过世了。我非常爱奶奶，她是我们家的支柱，不管在精神上还是经济上。当时家里的经济状况非常不好，非常穷，全靠奶奶摆地摊赚来的钱养活三代人。

但是我没有表现出任何哀伤，连眼泪都没掉一滴，依旧成天跟朋友玩得开心又热闹，家人都觉得我很不孝，对着我摇头，这大概跟我当时表现出来的冷血态度也有关系。

其实，我会这样，不是因为我不悲伤，而是我不觉得奶奶已经过世了。

因为我每天都还能看到奶奶坐在她的椅子上，从她过世那天开始，每天都坐在同一个地方。直到两个礼拜后，忍无可忍的家人严肃地告诉我："奶奶过世了！你到底知不知道？"

我诧异地跟家人说："可是我还有看到奶奶，奶奶就坐在那里呀。"大家顺着我手指的方向看去，但根本没有人愿意相信我。

家人的反应让我大受打击，等我真正确认了奶奶逝世的事实，整个人才近乎崩溃，已经慢了整整两个星期。

听我说完奶奶的故事，九色夫心有戚戚焉地说："很多忧郁的人，都是从小就学会把自己的情绪藏起来，只有在碰到对的人的时候才会敞开心门，就像他忧郁症的源头，来自父母对他的控制欲，无法接受他跟其他小孩不一样。"他说，"我从小就知道，大人经常是很笨又爱生气的，讲话最好不要惹到他们，如果他们的谎言被揭穿，就会很生气，甚至修理你。"

各位大人，即便听起来再怎么不可思议，试着相信小孩们说出的每一句话，好吗？

10

带着愤怒跟不满的开心，

不算是一种幸福

幸福跟人的心态有关，当你觉得开心时，就是一种幸福。比方说，17 岁在民歌餐厅唱歌时，我就觉得自己很幸福。

因为我喜欢唱歌，这是我最热爱的一件事，又可以养活自己。那时我只求餐厅不要倒闭，餐厅经理不要开除我，其他的，我都觉得没关系。就算没踏入演艺圈，我觉得可以在餐厅唱一辈子歌，对于我就足够了！

但一样是开心，还是有程度的差别。

比方说，现在网络上有很多"酸民"，在网络上留言酸别人，在打完字的瞬间，看到有人附和的时候，他们也是很开心的。但这种开心，多少带有愤怒跟不满，这种开心就称不上"幸福"。

我也曾经试过在网络上留言反击那些"酸民"，刚留言完觉得很爽，看到有人支持觉得更爽，但我很快地发现，那不是我要的，这样做反而让自己很不开心，所以我很快就删除了留言。

我发现"开心"跟"幸福"有着明显的差别，人能满足自己的现况，并珍惜手中握着的东西，就是幸福。

17 岁时的我，很幸福。

现在的我，也很幸福。

在生活中，除了尽量寻找开心的事情外，知道自己的弱点在哪里，适度保护自己，避开让自己不开心的事，也是追求幸福的方式之一。

11 老是对自己说『都是我的问题』，才是大问题

我常觉得艺人的工作很像心理医师，我们要不断用正面的形象面对外界，有很多人都是想得到安慰，才来听你唱歌、听你说话。

但艺人也是人啊，难免会有负面情绪，也想发发牢骚，但总是会想，我已经这么幸运了，这社会上比我辛苦的人不知道有多少，这些负面都是我的问题，我应该自己想办法来解决，而不是找人吐苦水。

也因此，我从没想过自己需要去看心理医师，要跟陌生人说出心中那些黑暗的、负面的、不平衡的感受，不仅心里很紧张，也非

常抗拒。

因为我非常害怕乘飞机，但为了工作需要经常到处飞。如果要去找心理医师，这代表我必须坦承自己的恐惧和无能为力，所以，我挣扎了很久，最后真的没办法才去的。我从没想过自己有一天会是个需要看心理医师的病人。

结果跟医师聊开之后，谈到更多的问题，聊了很多平常没跟人提过的工作压力、心中的不平衡……当你坦承自己是病人后，就可以卸下很多包袱，露出自己心里最脆弱的那一面。

碰到自己无法面对的问题，看心理医师真的有帮助，但心中还是有点小小后悔，未免也讲了太多自己的八卦了吧。

12

烦恼就像乘飞机碰到乱流，
其实微不足道

13 你就是自己的心理治疗师

因为要扮演心理医师，导演为了帮助我进入状况，在现场安排专业人士提供建议，例如碰到某种状况，心理医师会怎么做……但我觉得这世上有千百种心理医师，不会只有一种方式。所谓的表演，也不应该只是把专业建议复制出来而已。

我在跟这出戏的原著作者九色夫对谈的时候，他跟我分享自身经验，虽然他身为心理咨询师，但同时也是抑郁症患者，所以病人与医师两种角色他都很有经验。原本他也很抗拒寻求专业帮助，甚至觉得很多咨询师的能力不够，无法帮他解决问题，一直到后来碰到更大的挫折，才真心地寻求心理咨询师的帮助。

九色夫说，那位咨询师的桌子旁边摆满了各种玩具，病人可以一边玩玩具一边谈话，这也是心理咨询的技巧之一。当病人把注意力放在把玩玩具上面时，就像跟别人讲故事般，把自己的问题跟想法说了出来。

"医师其实就是通过对病人的小动作、声音的变化这些细节的观察来做引导。"九色夫说。重点不在于病人说的是真是假，就算病人讲的是谎话，心理咨询师也都会把它当成真话。从另一个角度来看，病人也希望有人可以相信他们，当互信建立之后，就会把实话说出来。

他也很好奇，明明在他的故事里，主角帮病人看诊时是不会边问诊边画画的，为什么我在表演时会加进这个桥段？

其实我的想法很简单，心理医师也是人，只要是人就必须找到情绪的出口，就像我写歌、你写日记一样，当你愿意通过一种方式，表达出你心中的想法，就是一种纾解压力的方法。

其实，很多事只要愿意讲出来，就是解决问题的
第一步了。

14
就算绕了些远路，
终有到达的一天

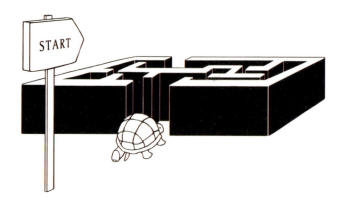

心理医师的治疗，说起来，也不过就是聊天而已。

"那么这跟一般人之间的闲聊有什么不同呢？"我问。

"其实，最大的不同是：心理医师的谈话是有方向性的。"九色夫说。

心理医师通常会根据病人的状况设定一个治疗的目标，通过跟病人的对谈，踩着既定的步调，朝预定的方向前进。

虽然有时候，进展跟预期会有些差距，但心理治疗这件事，没有办法太急，就算原地踏步，或是稍作休息喝口水，甚至绕点远路也没关系。只要确定方向，持续不断地前进，终有到达目的地的一天。

"就算到最后没有到达目的地也没关系，心理医师是陪伴病人走过一段旅程的伙伴。"他这样告诉我。

　　这样说来，歌手也像是某种心理医师。

　　不论快乐或悲伤，能用音乐陪伴歌迷一起走过一段人生旅程，对我而言，就是最幸福的事。

2 大人的世界

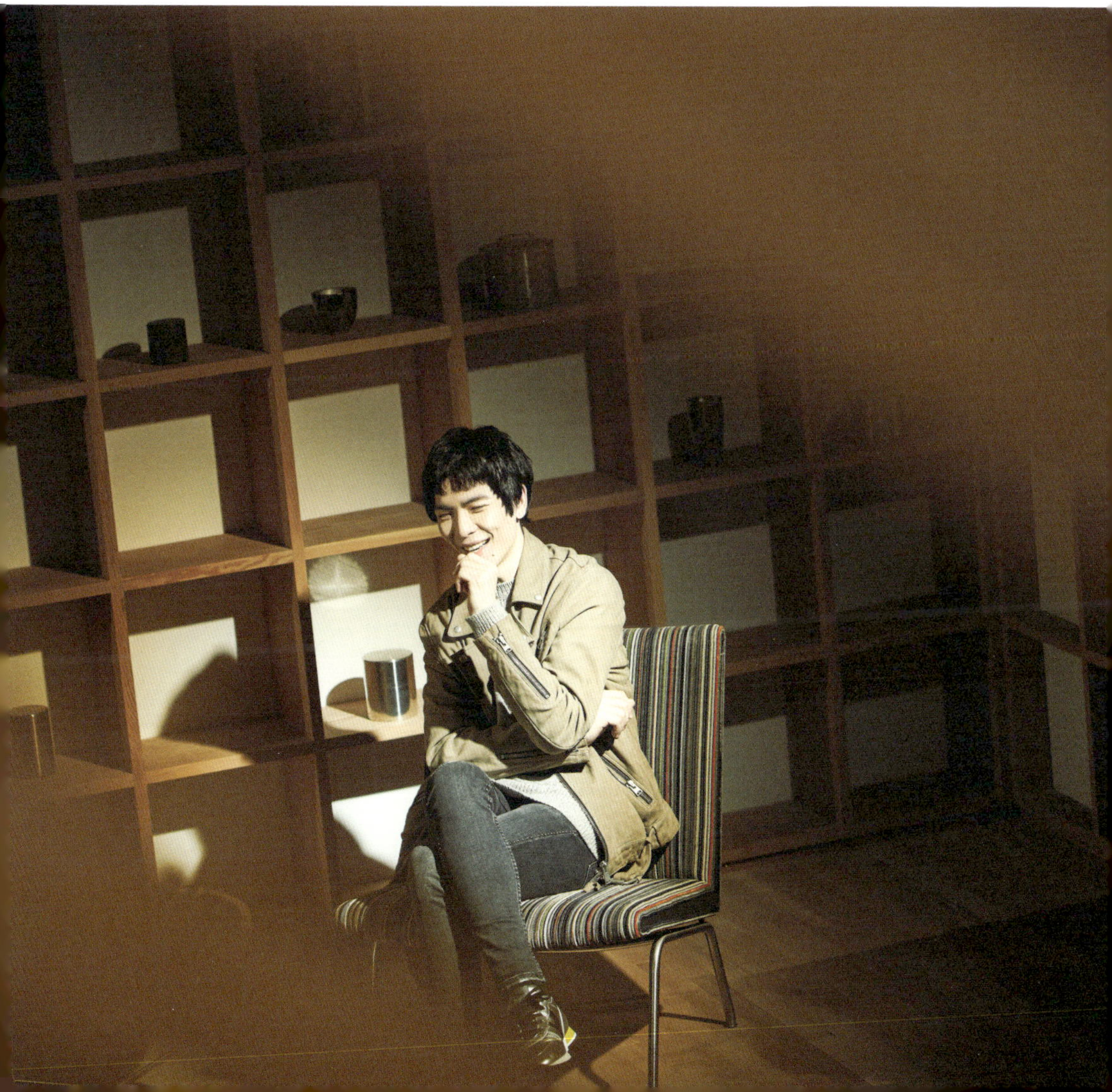

我不是一个轻易把爱挂在嘴边的人。

因为爱是一种责任，一种担当，而不是一时兴起地空口说白话。

当我决定要爱一个人的时候，我会想很多想很远，我会尽自己一切的力量来避免她受到伤害，不管是眼前马上会发生的，还是很久以后才可能会发生的。

我会尽一切力量，把最美好的事物留给她。

不管是我的情人或是未来的孩子都一样。

　　我不喜欢很多人想都没想，只是一时冲动就脱口说爱，然后，当事情发生时，才双手一摊说：我当时没想这么多。

　　这也是为什么社会上有这么多问题家庭、怨偶跟遭受家暴的孩子。

　　如果在说"爱"之前，大家可以多想一下，我觉得很多悲剧都可以避免。

3
练习就是不要脸

我有个怪癖，练习一定要自己一个人，
还没练好之前要我在其他人面前表演，
比让人看到洗澡赤裸全身还不自在。
只有面对自己的时候，不需要担心要不要脸的问题。

有没有天分是别人说，
努不努力是自己做

虽然我从小在学习过程中很少得到肯定，但我喜欢玩音乐，一路以来也都做得还不错。有人羡慕我，认为我在这方面很有天分，才能在音乐圈发光发热。我倒是不敢说自己有多高的天分，但可以肯定的是，在这过程中我很努力也付出了很多。

因为自己有某方面的缺陷，我更能体认到上帝造人各有不同，一定有些地方多给你一点，有些地方少给你一些。像阅读障碍的确对我的生活造成困扰，但无形中也等于逼着我学习，如何在不使用文字的情况下认识世界、与别人交往、传递我心中最真实的感情。某种程度来说，上帝给我的缺陷，也等于是给我的天分。

在阅读障碍者的眼中，每一个字就像一张图，我就算看得慢，或无法理解文字结合起来的意思，但并不妨碍我对于文字之美的欣赏。很多粉丝知道我喜欢画图，我也很爱写字，我把字当成画，别人是写字，我是"画字"。虽然字并不特别美，但不论是毛笔字、钢笔字我都爱。

我觉得人的大脑真是太奥妙了，这就好像一条路走不通，大脑自动引导你换一条路走，最终也同样到达目的地。

　　不管是运动或玩乐器，我会的东西都是自学来的，学校老师教我的东西，我几乎都没有吸收（苦笑）。但是自学的动力是什么？是因为我对很多事情都会感到好奇。

　　就拿变魔术来说好了，我的魔术启蒙老师是我爸。小时候，他很喜欢变魔术给我们看，我每次都瞪大眼睛发出"哇"的惊呼，但每个小孩反应不一样，像我哥就会说："这不是真的，一定是怎么怎么做到的，骗我们小孩子。"

　　但我不是这样，我因为很好奇，会想追根究底地研究，并且开始练习，直到自己也能做到或甚至要更厉害为止。好奇，应该就是最好的学习动力。

我对魔术的兴趣被开启了之后，很快地，学会我爸的魔术已经无法满足我，就开始自学。高中时，我有位同学的朋友在罗宾老师的店里打工，帮忙卖魔术道具，他卖道具的方式很有趣，不是冷冰冰地讲价钱，而是先表演魔术给顾客看，我跟他学了不少技巧。

魔术真的很有趣，一旦掌握技巧后，每个人的表演方式跟流程都不太一样，这跟表演者的个性很有关系。之后，我开始看 YouTube 网站的影片学习，当掌握基本技巧后，学习就会变得相对容易起来，剩下就是时间与练习的累积，要不断地练习，才可能做得更好。

我觉得，"把事情弄清楚"就是一种上进心，也是我碰到不会的事情时的学习方式。

18 好奇心是学习一切事物的动力

19

做喜欢的事可以带给你快乐，但不代表让你有饭吃

　　我从小就喜欢音乐，音乐可以带给我快乐，但快乐不代表它可以让我有饭吃。比起空做白日梦，我是一个非常踏实的人。

　　我一开始在民歌餐厅唱歌，一个小时薪水是 54 块，每周就只有一个小时的工作机会，一个月赚不到 235 块，快饿死了！

　　但是那时刚入行的歌手都是这样的，而且要花很

多的时间练歌，起码要会个几百首、上千首的歌。任何客人点歌，点三首起码你得会唱两首，餐厅才会找你去唱。到后来，我唱的时数越来越多，经常从中午12 点开始，一路唱到隔天早上 6 点，除了中间赶场休息的时间，几乎都在唱歌。早上回到家如果还有体力的话，还会继续练，增加学新歌的数量。

这期间受到很多哥哥姐姐或上司的照顾，像赖铭伟就很照顾我。我进民歌餐厅唱歌时，他已经入行 6 年了，在民歌餐厅界是非常红的歌手，他也介绍过很多场子给我，让我有机会被很多人看到。

在民歌餐厅唱歌的后期，我一个月可以收入23540 块。现在回想起来，当时唱歌的量真是不人道，拼命唱歌还得想办法保护嗓子，就像职业球员在打球跟保护自己避免运动伤害之间纠结一样。

20

认识自己是比追求梦想更重要的事

　　我参加过很多的选秀节目，许多参赛者都是对音乐有兴趣的年轻人，看起来他们对音乐的热爱不比我少（当然这是不可能的，哈哈哈），但是因为你很爱玩音乐，就一定可以当成是一种职业吗？大家都说，有梦就要去追，努力就可以圆梦。所以，喜欢音乐，喜欢唱歌，就得要不顾一切地去参加比赛，赌一个出道成名的机会，这样真的是对的吗？

　　我自己也是选秀节目出来的，当被参赛者问到"老师，为了音乐梦，我是不是该继续不断地参加比赛"这类问题时，会有一点小小尴尬。不过平心而论，我觉得圆梦值得肯定，努力也很重要，但对一个刚踏上音乐路的年轻人来说，"自觉"却比任何事情都重要。

　　人的一生中，最重要的学习是认识自己，认识自己是比追求梦想更重要的事。并不是拥有学习的动力，就一定能把东西学好。人应该在学习的过程中，不断地认识自己，了解自己的能力跟界限，也就是所谓的"自觉"。

有些人因为喜欢音乐、喜欢唱歌，就觉得一定要唱歌给所有人听，却忽略了自己是否真的适合。

认识自己，知道自己具备什么样的能力，适合做什么，根据自己的强项朝正确的方向努力，如此一来，每一次的挫折，都会让人更清晰地认识自己，更坚定自己的信仰，不会迷惘。换一个角度想，就算天分有限，做不成歌手，与音乐相关的工作还有很多，而且我觉得，每一个行业、每一个角色，不管层级高低，都有它存在的意义跟价值。

　　人每天都可能会发现适合自己的事，不管到多大年龄，都会有新的发现。

21 自觉是成功的第一步

刚入行的时候，我就只是一个来自万华的宫庙小孩。进入演艺圈，面对这个比万华大上不知道多少倍的新世界，我就像游进大海里的小鱼一般不知所措。

以前大家叫我"省话一哥"，其实一开始除了不知道该如何好好说话以外，我还很怕以前的坏习惯，脱口而出不雅的脏话（小朋友不要学喔）。后来想一想起码要做到自我控制，话说出口之前先想一想，宁可省话也不要说错话。

大家会觉得我现在说话好像正常多了，虽然没法跟专业的主持人比，但上节目担任评审导师、演讲似乎都难不倒我，其实这都不是一天两天就能做到的。我以前讲国语是不卷舌的（虽然说现在也没卷得多好），入行后自觉话说得不好，就开始自己练习咬字。一开始，我每天念报纸 10 分钟，一个人躲起来，大声缓慢地念，练习舌头的运用和表达方式，好多年从来不间断，慢慢地说话就有自信了。

每个人都是由一连串的优点与缺点组合而成，没有人什么都会、什么都强。我们如何将有限的时间与力气，用来强化自己的优点，不放弃弥补缺点，这是我认为自觉所带来的意义。

比方说，前面提到因为读书很慢，我的英文一直学不好，但我不会完全放弃学英文，希望有一天能练到可以与外国人直接交谈的程度。又比方说，我的中文能力其实也挺有限，很多成语根本听不懂，那就找一本成语书。读到后来，起码我可以渐渐听得懂别人在讲什么。

22

练习就是不要脸

大家都以为我们艺人练才艺，一定找很多老师，经纪人、助理都在旁边陪着练。我没办法，我有个怪癖，练习一定要自己一个人，不能让任何人看见。我觉得练习的过程对我来说是最私密的一件事，还没练好之前，要我在其他人的面前表演，比让人看到洗澡赤裸全身还不自在。

我有一个心得：练习要得到最好的成果，就是得不要脸。因为会不断地失误犯错，只有面对自己的时候，不需要担心要不要脸的问题。

像之前主持第二十九届金曲奖，川哥（陈镇川，金曲奖策划人）与Summer姐都认为就按照我平常说话的方式就可以了。但我的第一个反应是：主持耶，还是这种超大型的典礼，我之前也没有主持的经验……为了这件事，我还跟Summer姐冷战了好几天。

　　那段时间同时还在忙演唱会，当演唱会一结束，我突然意识到只剩下不到半个月就要主持金曲奖了，再不抓紧时间练习一定来不及。于是我迅速召集大家开会，把我对主持的想法跟大家讨论，也幸亏所有工作人员都很帮忙，在很短的时间内张罗到我想表演内容的所有资源。

但不论如何，最后还是得靠练习。我记得倒画的那个桥段，我练了大概有 900 幅画，最快的纪录能够在 3 分钟内完成，金曲奖那天我花了 4 分多钟才画好。大家看我画起来好像很轻松愉快，其实我内心紧张得一直怕出错啊！

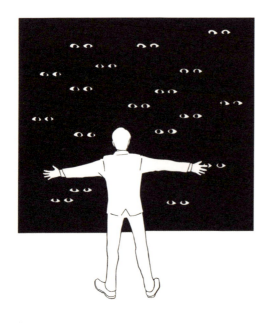

23

每个人都有包袱，
尤其是有人特别在意你的时候

有人害怕自己有偶像包袱，但我却觉得还好，我觉得人感受到自己有包袱的时候，就是有人特别在意你的时候。

我在 19 岁的时候参加《星光大道》的演出，当时我是一个反派的角色，被大家取了个"黑蜘蛛"的外号。我的工作就是给那些正派挑战者夺冠路上设置障碍，一直到现在都还有人因为那个角色讨厌我。

但我无所谓，因为不管别人怎么看，我还是我。

不管是不是反派的角色，我只是尽全力唱歌而已。

那时我在西餐厅当歌手，除了工作外，我把大部分的时间跟精力都投注在音乐上。当时的我蓄着一头长发，长得白白净净的，西餐厅的同事觉得我挺适合就帮我报了名。制作单位通知我去试镜，我也没跟任何人说，就自己一个人去了，录了节目之后播出，获得了不错的反响，接着和唱片公司签了约，出自己的专辑，一路走到现在的位置。虽然越来越多人关注我，但在这过程中，我一直都是很淡定的。

经常有人问我：有没有包袱？

当然有哇！人怎么可能完全没有包袱呢？

只是越被别人在意，就越要经常提醒自己做得更好。

比方说，讲脏话。谁在生气的时候不会讲脏话呢？但因为现在的我是公众人物，所以就算是情绪不好，话到出口前，我还是会冷静地想一下自己的表达方式适不适合。久而久之，就减少了脱口说脏话的频率。

我期待任何时候都可以表现完美的自己。有时候，意识到自己的包袱，就是自我提升的契机。

24 永远要去问比自己厉害的人

像我这样出身的小孩，没有钱，也没念过多少书，很难想象自己有当上演员的一天。

第一次是演电视剧《命中注定我爱你》，演一个很呆的兽医师，长度大约 3 分钟，严格来说这不算演戏，顶多是客串。后来演九把刀的电影《杀手欧阳盆栽》，虽然不是科班出身，没受过正规的表演训练，但我相信自己可以做到，演戏让我觉得很过瘾。

练习当然是必要的，拿捏表演的分寸有一点难，但如果想到让人出乎意料的表现方式，这让我非常有成就感。

跟一般演员从读剧本、背剧本开始理解角色不同，我从没有读完过剧本。但是既然接了戏，当然不会直接跟导演说我有阅读障碍，这让人感觉像是外行人在找理由。我不是个爱示弱的人，自己的问题得自己找出解决的方式。

我是从拍戏的工作流程中找出方法，大家都知道拍戏受限于演员档期、场地、设备等因素，绝对不会是一个故事按照顺序从头拍到尾，而是交错着拍，所以我会在演出前先请人读剧本给我听，先了解大概的剧情，到上戏的当天再把要拍的对白、故事之间的关系，不断复习背诵，接着把自己丢进故事的状态中来表演。

　　我会一直跟导演说，演很多次都没问题，但你要告诉我，我的表演跟整部作品是不是连贯？如果我表现的情绪多了，我就收敛一点；如果太少，我就再加一点。我尊重导演的专业，尽力满足剧组的要求，而且，永远要敢开口，去问比自己厉害的人。

25

我用信仰跟音乐来面对自己的弱点

我胆子算大的，从小就天不怕地不怕，但有件事一直到现在都是我难以启齿的弱点——我超怕乘飞机的。

可能是小时候受到空难新闻的影响，我怕到连相关题材的电视、电影都避免看，身边的朋友都知道这话题是我的大忌，连提都不能提。出道前这件事的困扰不大，因为我们家很土，全家没人乘过飞机。上中学时我妈要参加员工旅游，公司安排乘飞机到金门，我害怕到几乎快崩溃，想尽办法阻止我妈成行。

当然，我妈快乐地去又平安地回来，什么事都没发生，但我还是怕得不得了。

刚出道时，因为怕乘飞机，天真地立志只要当一位歌手，以为这样就可以与乘飞机绝缘，没想到因为参加《星光大道》开始有知名度后，第一场的商演就是澎湖！我硬着头皮登机，从起飞到降落，紧张到全程都用手撑住前座的椅背……

　　到现在，乘飞机已经频繁到成为我的日常生活之一，要说一年有一半以上的时间都在四处飞也不为过。其实心里的恐惧并没有消失，尤其是起飞与降落，每次很害怕的时候，我就会先静下来祷告，接着大声地放着摇滚乐，让音量大过引擎声，用这种方式来面对无法消除的恐惧。

　　我经常在飞机上写词，"狮子合唱团（现为狮子LION）"专辑的十首歌都是在飞行的时候，用手机一个字一个字写出来的，因为飞行途中没什么事情可以做，刚好可以静下心来，也顺便转移注意力。有一

首叫作《最后的请求》的歌，那首歌非常 sad，创作
过程有点不顺，写了好久，每次写都是眉头深锁，甚
至写着写着会流下眼泪，乘务员都不敢来吵我，以为
我心灵受创严重或是被人背叛之类。

26

要了解全貌，就要从最不起眼的角落看起

我很喜欢跟群体中最弱势的人说话，在公司里，比起跟老板们，我更喜欢跟助理说话。

我觉得越是一般人会忽略的那些不起眼的地方，通常没有经过伪装或美化。有时候眼睛看不到的世界，才是真实的。

在对谈中，修习佛学的九色夫告诉我一个好美的故事。

"佛陀出生前，有位圣人跟佛陀的爸爸说：你儿子有天若不是成为伟大的国王，就会是一位出家的圣人。

"为了让儿子继承王位，国王便将儿子关在皇宫里，下令把穷人、病人跟乞丐通通藏起来，让街上都是衣着光鲜亮丽的人，所以，王子以为外面的世界跟皇宫里面一样美好。

"但有次他走着走着，瞥见街角有个瘦弱的乞丐。他因为好奇追了过去，才见识到人生的生老病死，于是离开了皇宫，开始修行，体悟真理，最后成了佛陀。"

想要了解事情的全貌，经常要从最不起眼的角落开始看起。

27

不用害怕强迫症

从小我就是个敏感又追求完美的人，有人形容我有点强迫症。

我很容易察觉让自己不舒服的事物，而一旦发现，对我的演出就会产生影响。

因此，在工作上，我对伙伴的要求很高。我期待跟一群专业的人一起完成工作，呈现给观众、听众高品质的演出。

比如，我上台时，如果穿一双不合脚或是我不喜欢的鞋，整个人会感到不舒服，对演出就会产生影响。所以，我的工作伙伴们必须随时全神贯注，减少不必要的失误。

大家在舞台上或银幕前，虽然只是看到、听到"萧敬腾"的表演跟歌唱，但背后却是一大群人努力的结果。

尽管有时候，工作人员还是会有些失误，但只要站在舞台上，我会尽可能努力降低失误带来的影响，尽我的力量，呈现完美的演出。

这是我的责任，也是我的专业。

28 请用音乐了解我

我不是一个口才很好的人。

即使现在在音乐选秀节目担任评审，主持过大型颁奖典礼，我依然这么认为。

但这是一个要求频繁沟通的网络世界，除了在传统媒体发言曝光外，广大的听众更希望在社交媒体上随时看见公众人物们的一举一动。

一开始我是反对经营社交平台的，因为我根本没有时间也不擅长做这样的事。

我也理解大家对于社交平台感到反感的是什么。说真的，我自己也不爱那些。但公司认为在现在这个频繁使用网络的社会，经营社交平台有它的必要性，而我一向相信公司的专业决定。

如果可以，请尽量不要只是用社交上看到的文字照片去了解一个人，那会有隔阂，甚至是一种假象，并无益于人与人之间深度的沟通。

我是一个歌手，请用我的音乐来了解我。

4
决定自己呼吸的方式

很多人都觉得我的命运很好，我其实也一直心存感激。
我们该认命地相信命运，还是坚信人定胜天？
如果为了避免不幸发生，而改变命运，会不会也错过后来发生的好事呢？
如果人生可以重来，我还是会选择我原来的命运，而不是被修改过的命。

29

任何表达工具都有极限，
心才能传递感动

作为一名歌手，不能只把自己当成一个发声的机器。对我来说，写歌、唱歌是表达的一种方式，就像作家用文字、摄影师用图片一样，把自己的情感传递给所有人，有时好不好没有那么绝对，重要的是能不能感动人。

我最快的纪录是 20 分钟就可以写完一首歌。其实所有创作都一样，你觉得特别感人的，不见得观众会被打动，我写的歌当然自己觉得每一首都很棒，但也未必大家都喜欢，这时就要用编曲或后期制作，去变得更贴近观众的审美。

歌词具有让音乐更容易被理解的辅助作用，我书读得不多，会用的词汇有限，而且也担心自己的风格不符合市场的口味。因此曲大部分自己写，歌词写得比较少，我写的词基本上就是大白话，没有什么文字的技巧在里面，但这就是我直接传递情感的方法。

其实写曲的人对音乐原本就有一个想象的情感在，常常唱片公司找专业的作词人，写回来一看，会觉得这用字真的好厉害，感觉也是很用心在写。但有时候歌词跟我的音乐完全无关，或是歌词就像文言文一样绕口，虽然咬文嚼字不是不好，但我就会非常困扰，你能想象我去唱一首文言文的歌吗？这很不像我呀。

最重要的是，我真的很讨厌唱我背不下来的歌词，而且唱的时候，肯定也没法传达原本歌中所有的情感。

九色夫跟我分享一个看法，他说，所有的表达工具都有缺点，比如你即便把现在的感受用文字写下来，事后再回头去看，肯定也不会完全相同。甚至，文字的描述，很有可能会取代你当下真实的感受，让你以为写下来的描述才是对的，而完全忘记原本的真实。

就像我们旅游，一定会打卡拍照，但真的能够让你重新回到震撼或感动或美好的当下，是靠人的大脑里情感的触发，还是一张照片？

我觉得九色夫真是说到我心里去了，套句电影《食神》中的台词：一字记之，心！

30

如果用文字说明很困难，
就用画画来代替吧

虽然身为一位小说家，但对从小就在美国生活的九色夫来说，因为使用中文的能力有限，有许多想表达的东西是没办法写出来的。

"这种时候你都怎么做呢？"我问他。

"写不出来的时候，就用画的呀！"他笑笑说。

"比方说，我想要在故事中表达一个概念，就好像在一个正方形的房间里，我想要放进一个圆形或是三角形的东西时，我要怎么用文字去描述它？而那个东西又不是实体的圆形或三角形，那是一种类似气场的概念，又或者，房间里要放入的东西，比房间的实体空间还大时，那要怎么描述？"

"我在当时真的想不到合适的文字时，就只好用画的呀！"

"先把脑中想到的概念画下来，等到某天适当的文字迸发出来时，再把它写出来，又或者，就把那概念用图画的形式保存下来，也许就一直以那样的形式存在也无所谓。"

他说的，我懂。

因为阅读障碍，在现实生活中有很多感想、感触，我没办法用文字表达出来，就算想说也无从说起。那时候，如果手边有合适的工具，我就会用画来表达。

文字跟语言不是唯一的表达方式。

113

31

让世界以我想要的方式继续

九色夫说，他因为舍不得为自己喜欢的动画画下句点，所以试着接续创作，让故事可以继续下去，并把创作的成果发表在网络上，没想到居然获得广大的回响，从此走上写作之路。

这世界上有许多事不能按照人的期望发展，大部分的时候，人们除了在有限的能力内努力与抗争外，对于事情的发展经常只能接受。

有没有办法让世界以我们想要的方式继续呢？

可能只剩下创作吧！

　　不管是写作、摄影、音乐还是电影，每一件作品都是创作者对世界的一种抒发与想象。

　　我会把自己对人世间的感情跟世界观写进我的歌曲里，通过歌声跟世界沟通。在音乐里创造一个我理想中的世界，也希望所有的听众通过音乐走进我的世界。

32

当人跟人之间没有利害关系时，真正的幸福才可能存在

这世界有真正的幸福吗？

我觉得，当人与人之间，甚至人与动物间，没有利害关系的时候，真正的幸福才可能存在。

当关系中出现利害或有所期待的时候，压力就会跟着产生。

比方说，父母希望孩子达到某些目标，就可能会产生压力。

比方说，情人希望对方可以做到某些事，就可能会发生争吵。

这不是说，对其他的人或事不该有期待或要求，只是当这些东西从心里产生后，彼此之间的关系就不再单纯，失去单纯的关系，就不容易产生幸福。

以养宠物来说，人对宠物的要求是很低的。

宠物不可能承载主人的基因，当然也不会有必须传续下去的压力。宠物终其一生顶多达到五六岁孩子的智力，而且从开始养的那一天开始，主人就注定了要帮它们把屎把尿，要带它们散步运动，生病了要带去看医师，要为它们牵肠挂肚，更别提，宠物们的寿命（除了乌龟）几乎都比主人命短，所以，帮它们送终，承受它们离去时的心痛跟悲伤，几乎是每个主人的宿命。

但主人会期待宠物回报些什么呢？他们之间会有什么利害关系呢？

几乎是不会有的。

所以主人跟宠物间的关系是很单纯的，也就是这样，人与动物间的关系，比起人与人间的关系，更容易达到所谓的"幸福"。

33

即便命运如同空气，
我还是可以决定自己呼吸的方式

　　很多人都觉得我的命运很好，我其实也一直心存感激。

　　我们该认命地相信命运，还是坚信人定胜天？

　　九色夫倒是提供给我一个有趣的观点："我相信命运，就跟我相信空气的存在一样。我们需要呼吸空气才能活下去，但问题是，我该如何呼吸？是深是浅，是缓是急，却是每个人自己可以控制的。"

"拿吃回转寿司来比喻的话，假设我今天去寿司店，而神是寿司师傅。师傅问凡人说：你想要吃什么寿司？旋转台上摆了十二种已经完成的各式寿司，在你面前转来转去，我还是可以选择我想要吃的，甚至可以要求这十二种口味以外的寿司。这就是我对命运的看法。"

人生一定会碰到某些不幸的事，先天的障碍、情侣的生离、亲人的死别，这些事虽然改变了我们的人生，但同时也引导我们走向另一个方向。如果为了避免不幸发生而改变命运，会不会也错过后来发生的好事呢？

如果人生可以重来，我还是会选择我原来的命运，而不是被修改过的命。

34

你爱的人一定有缺点，
因为爱包含了牺牲与服务

我养了4只猫6只狗，本来有5只猫的，但年初出走了一只。那是我的第一只猫，我还没入行前就养了，我所有的动物都是领养的。我开始养那只猫时，它已经4岁了，我养了它10多年。

猫跟狗还是有些差别，猫会把自己当人看，而且情绪也很丰富，不像狗是顺从的，从个性上来看，我觉得我跟猫比较像。

猫可以当人的老师。猫很独立，不会崇拜人类，只会把你当成另外一只猫看待。但狗可能会把主人当成神。所以猫不想理你的时候，死也不会理你，但如果想黏你，你也没办法阻止它。

如果你知道对方完全无法回报，你还愿意义无反顾地爱它，那才是真爱。养猫让我明白这一点。

35

人与人的相处，
应该要真诚地保持距离

我从小在鱼龙混杂的地方长大，很自然地会跟各种人接触，一些"大哥"都很照顾我，就是很"得人疼"。我觉得人跟人之间的相处没什么秘诀，最重要的是我不管对任何人都一样真诚，不会因为他们的身份而有差别，因为真诚会产生信任，也是一切人际关系的基石。

但所谓真诚，并不是一股脑地对别人掏心掏肺，对不同的人，要保持好彼此之间的分寸与距离，你该知道有些人可以一起吃喝玩乐当朋友，但要是一起做生意，以后可能连朋友都做不成。朋友落难，拿捏与朋友之间的关系，提供资源，也比直接给钱有效跟重要得多。

若是碰到不真诚的人，不要跟他们深交，这是保护自己的方式。

36

我们都是人，都只有一条命

"人会因为具备不同身份的冲突产生压力。比方，当一个心理咨询师的同时，我也是一个乐团的主唱，而且我们的团是很吵的歌德式乐团。同时兼任这两种身份，有时候某些人会不能接受，这曾经带给我一些困扰，因为大家想象中的心理咨询师好像应该是很沉稳文静的，说话声音要细细的，而不是很狂放的Rocker 乐团主唱，你也曾经被这类问题困扰吗？"心理咨询师周慕姿问我。

每个人在不同时空环境下都扮演着不同的角色。

就拿我来说，我在舞台上是歌手，在戏剧里是演员，在公司里是老板，在家里是儿子、兄弟，在情人的身边当然就是男朋友。

当然，每个角色在世俗的想象里都有某些特定的形象跟任务，在担任某些角色的时候，你该怎么样就

怎么样 ……

　　但非得那样才行吗？

　　就好像很多人觉得在演艺圈工作一定都很喜欢喝
酒，但大家都知道，我是一个滴酒不沾的人。虽然我
不排斥其他人喝酒，也不排斥跟喝了酒的朋友一起玩
乐聊天或参加派对，但我就是不喝酒。

　　难道我的朋友会因为我不喝酒，就不邀请我去参
加派对吗？

　　难道有人会因为我滴酒不沾，就觉得我不是演艺
圈的一分子吗？

　　就算他们这样想，对我会产生什么影响吗？

我在演《魂囚西门》心理咨询师的角色时，剧组找了一个心理咨询师来当顾问。他大致告诉我心理咨询师的工作内容、工作时的形态等背景材料。

但我却怀疑：难道这世界上所有的心理咨询师都必须是这个模样吗？

我有没有可能表演出另一种更有说服力的心理咨询师呢？

我相信，不管从事哪一种工作，不管扮演哪一种角色，不管活在金字塔的哪一层，人跟人之间是有共通性的。我们都是人，都会有做人的基本需求、弱点。

更重要的是：我们都只有一条命。

37

不是一定要痛苦，
才能结出幸福的果子

　　不让我未来的妻子因生子产生痛苦的观点，我也在对谈时跟心理咨询师周慕姿分享，她给我另一个看法："万一你的老婆不在乎承受那样的痛苦，你会同意她经历那段生产的过程吗？"

　　"明知道会很痛苦还一定要亲身去试？为什么非得这样呢？"我不解。

　　明明知道那个过程很辛苦，我还要同意让她痛苦吗？这一点，我真的做不到。

　　"但有没有可能经历了那些痛苦后，会在亲子间产生更多的爱呢？"她接着问。

　　这种说法更让我困惑。

是谁说痛苦过后一定会结出爱的果实？

又为什么有那么多的痛苦，最后除了痛苦之外，什么也没有产生出来？

又或者，如果痛苦最后没有产生出爱，那些苦会不会就白受了呢？

换个角度来说，我们有没有办法制造出一种只有爱没有伤害的完美关系呢？

这世界每天都在进步，我们能不能尝试寻找处理问题的新方式呢？

能不能别总是相信"痛苦能结出幸福的果子"这类的格言呢？

我也不确定，但我想努力找找。

无论如何，我不想让自己爱的人承受痛苦。

38

选择沉默是一种智慧

"你觉得我有什么问题吗？"我问心理咨询师周慕姿。

"我觉得，你像是一面照妖镜，很容易反映出人心中最想隐藏的弱点跟黑暗面。"她说。

也许是这样吧！所以，现实生活中很多人很害怕跟我聊天，因为我总喜欢问个不停……

但这世界上，谁没有秘密，谁没有弱点呢？

每个人都有不想被别人知道的秘密吧！

保护弱点是生物的本能吧！

尤其在这个到处都是监视器跟网络人肉搜索的世界更是这样。

身为公众人物也许有许多无法选择的无奈，但我始终觉得：就算可以很容易地就看到别人的弱点，但选择沉默不说出来，是更值得学习的智慧。

5
如果能够再来一次

任何人都无法毫无悔恨地度过人生，
就算过去的人生有遗憾，那都是让你变成现在的你的养分。
当然，未来我一定还会经历很多事，
不管是好事还是坏事，我都不想错过。

39

任何人都无法毫无悔恨地度过人生

在跟《魂囚西门》的作者九色夫对谈时，我们聊到一个非常难得的巧合。

粉丝都知道，我在《王妃》这张专辑中写过一首《绿之门》的歌，写的时候其实纯粹只是一种感觉，描述着跟自己喜欢的人一起走在路途上，最终就看到那扇门。绿色是一种能让人平静的颜色，我觉得绿色的门没有压力，但里面可能藏着很多秘密。

没想到九色夫竟说，他在写小说的时候，其实也都会在每个故事里面设计一道"绿之门"（Green Door），这扇门代表着一个可以回到过去作出重大决定的开关，故事的角色都会有机会思考：要不要回到过去改变人生？

九色夫也说，国外也有一首歌叫作 *Green Door*，歌词讲一个人经过有绿色门的酒吧时，发现酒吧里正在办派对，里面的人都玩得很开心，站在外面的他思考着："要不要进去？"

　　九色夫说当他听到这歌时就在想：当人在作重大决定时，就像站在酒吧门口的人一样，会想我走进去后会更快乐吗？会不会我走进去后，刚好碰到有人打架，飞来一个酒瓶把我砸死？就像没人会知道结果如何，但人生终究需要面对许多重要抉择，所以他才在小说里藏了一扇"绿之门"。

　　任何人都无法毫无悔恨地度过人生。九色夫说，一扇可以回到过去的门，其实也是重新确认自己的一次机会，如果回到过去可以救回生命中最重要的人，改变后来发生的一切，他可能也不会这么做。因为他认为，如果没有那些生离死别的磨炼，也不会成就今天的自己。

我想我也是一样的，如果真有这么一扇"绿之门"，我也不会去用它，就算过去的人生有遗憾，那都是让我变成现在的我的养分。

如果非用不可，我会想回去看奶奶，我想告诉她，那个让她烦恼的孙子，现在过得很好。因为在她人生最后的阶段，我是一个非常坏的孩子，非常让她挂心。

当然，未来我一定还会经历很多事，不管是好事还是坏事，我都不想错过。

40

过去的遗憾，都是你现在的养分

41

自己愿意才可能做出改变

　　九色夫虽然是个心理医师，每天要听很多病人的心里话，但和他谈分享之后，我觉得他其实也是非常压抑的，是花了很大的力气走出来，靠写作重新找回快乐。对谈时我跟他开玩笑地说，从小我就是那种霸凌别人的坏学生，幸亏我们是现在认识，如果我们相识在学生时代，你很可能就是那种会被我霸凌的好学生！

他说，其实他真的是那种会被霸凌的人，从小一直到后来走上社会都遇过，到现在有些病人还会不理性地骂他！但他觉得以心理医师的专业而言，病人愿意骂出来反而是好事，起码情绪能找到一个出口。

我问他："你会不会恨那些霸凌过你的人？"他给的答案让我很惊讶也很揪心。他说："很多会忍耐霸凌的人，他们恨的不是对方，其实是恨自己，恨自己的无能为力，恨自己为什么不反抗，没有在第一时间拿个榔头朝对方头上打下去。"

当然，霸凌这种行为是绝对错误的。我也曾经为年少时的无知付出代价，但从我跟九色夫两种不同的角度来看，霸凌者跟被霸凌者的心里其实都有某种缺口，也都很不快乐。霸凌别人的人，靠着一时的痛快来纾解；而被霸凌的人，则靠着忍耐来让自己活下去。

不论你是哪一种人，都需要做出改变，才能让人生重新找到目标，过得快乐。九色夫说，他当心理医师后更确定一件事：医师是无法改变病人的，除非他们愿意自己做出改变。他靠写作、我靠音乐，重新让人生回到正轨，我想我们都是幸运的人。

42 被霸凌的人其实恨的是自己

43

解决问题有两种方式：放下它或扛起它

"心理医师该怎么帮助病人解决问题呢？"我问九色夫。

"对心理医师来说，所谓的'解决问题'，并不是像电脑一样按个'Delete'键，或是像外科医师一样动个刀，把不好或不需要的东西彻底删除或割除那样简单明了。"九色夫这样告诉我。

"人的心理创伤，有时候不管怎么治疗，都会在心里或大脑里占据某个位置，永远不会消失，就像一个包袱一样。"

"处理人生中的包袱有两种方式，第一种就是放下它，我们协助病人寻找一种方式把身上的包袱放下，放在心里某个不容易被注意到的角落，然后抬起头迈开脚步，继续向前迈进。

"另一种方式就是陪伴病人将身心训练得更加强健，能够扛着身上的包袱继续向前走，不被包袱压倒。

"当然，这两种办法，有时候不需要心理医师的协助，病人自己也做得到。"说到这里，九色夫笑了。

这两种方法哪一种比较容易呢？我问自己。

可能是锻炼出一身强壮的肌肉吧！毕竟，某些回忆就算带来伤害跟不愉快，我也不想轻易抛弃它。

44 任何事情都有尽头，到了尽头就需要改变

每个人都想要生活过得好一点，没有人希望有坏事发生，这是人之常情。我们常常会期待借由某件事来得到命运的转变，但任何的转变，都要从改变自己开始。

听起来很有道理，很多心灵鸡汤的书或作家也都教大家要这样做，但是，改变需要契机，我其实并不排斥用一点小小的技巧，起到一些安慰作用。

比方说，我叫萧敬腾，但我讨厌叫这个名字的自己，为了改变，我改名叫刘德华，因为换了名字，我每天就可以提醒自己，我已经不是"萧敬腾"了，我

是一个全新的"刘德华"。

又比方说，当初的我有一种喜欢的颜色，可是我想改变自己，所以，我把原来自己喜欢的颜色换成其他颜色，并告诉自己：我从今天开始最喜欢的颜色是某某色。

就像"算命"，不是去改变你的命格，而是通过某种仪式，让自己的心态转移，进而成为全新的自己，让你知道，你真的变得不一样了。

就像有对交往很久的情侣，如果不做点改变，恋爱就要走到尽头了，所以他们就选择结婚。虽然结婚后也可能会离婚，但也可能因此走得更远。

我觉得，任何事情都有尽头，到了尽头就需要改变。

45

负面情绪就像小小的面团，
放着不管就会发酵膨胀

　　我很怕乘飞机，但如果理智地想，飞机其实是一种很安全的交通工具。如果以飞行来比喻人生的话，我人生中的种种烦恼，跟真正活得很辛苦、像生病没钱治、日子过不下去的人相比，顶多类似在飞行途中遇到乱流，晃一下就过去了，根本是微不足道的。

　　九色夫提供给我一个心理医师常用的说法，我觉得很能说服我：人的烦恼就像正在发酵的面团一样，一开始都是小小的。如果它处在适合发酵的环境，你不去阻止它，就会一直膨胀放大，所以，当负面的情绪出现的时候，就该想想生活中有趣跟有价值的事，中断负面情绪的发酵。

　　像他在遭遇创作瓶颈的时候就会想，跟很多人比起来他算是非常幸运的，如抽中乐透般幸运：很少有人第一部小说就可以拍成电视剧，九色夫的妈妈听到这个消息，马上兴奋地打电话跟他说："你的小说要由萧敬腾来演欸！"他说只要想到这点，写稿子时碰到的焦躁，就能够被舒缓下来。

我虽然书读得不好，但从小还算聪明，也有音乐、运动这些爱好投注自己大部分的心力，即便开会开得再晚、再忙，时间到了该打球就去打球，所以我心中负面情绪的面团，应该很小很小吧。

不给负面情绪发展的养分，不要让它无止境地发酵，我相信大家都可以做到。

46

人不该对未来预设立场

这世界每天都在改变，有时候，忽然回过头去看，会有一种不可思议的感觉。

原来不久前还很困难的事，现在看起来还挺简单的。

这可能是因为：人类是地球上最不安于现状而试着改变的动物。

比方说，生产这件事。

我从小就觉得妈妈们都很辛苦，因为她们得为了生小孩承受很多辛苦，放弃自己的梦想，然后，如果对孩子有许多不同的要求，又会被说成在"情绪勒索"。

有没有办法摆脱这个困境呢？

比方说，用专业的方法处理生产辛苦的过程？

比方说，可以发明某种机器，把人类的受精卵放进去，然后，小孩就在机器里慢慢长大，而父母可以继续自己的生活与工作，追求自己的梦想？

应该会有很多人觉得我在说梦话，但如果十年前，有人跟你说：不久的将来，很多事情都可以在小小的手机上处理完成，甚至出门连钱包都不用带 ……

当时的很多人都很难以相信吧！

但这却是我们现在真实的生活。

未来的事难以预料，但我们不应该放弃任何改变的尝试。

47

每个人都有存在的意义，我的意义是——摇滚

心理咨询师周慕姿跟我聊起音乐，除了心理咨询师的角色外，她还是个乐团主唱。

我觉得，这样挺好的。

不管是谁，在忙碌的日常生活外，都需要一个出口，而音乐是非常好的抒发方式。

在我毫无成就感可言的青少年时代，音乐不只是种抒发，还改变了我的命运，让我的存在有了意义。

特别是摇滚乐。

在正式出道前，我除了在西餐厅演唱外，还有参与乐团的活动。当时，我本来希望唱片公司可以签下我们的乐团，以团体的方式出道，但考虑到市场环境、经营乐团有一定的难度等问题，最后我还是以个人的方式出道。

流行音乐是非常专业的商业行为，公司有许多专业人才各司其职，才能在竞争激烈的业界生存，让歌手可以得到灯光与掌声发光发热。

对于这一点，我始终非常尊重与感激。

因为自己也写歌创作，出道初期我也期待塑造自己是"创作歌手"的形象。

公司考量很多状况后，还是决定让我单纯以歌手出道比较好，但为了满足我创作的欲望，每张专辑里都会放几首我创作的歌曲。

从结果来看，公司的决策是对的。因为我自己创作的歌受欢迎的程度，远不及他们选定的。

但我心里从来没有放弃过音乐创作，没放弃过拥有自己的乐团，没放弃过摇滚。就这样，前几年因为要发行一张摇滚乐专辑，我顺水推舟地组成了"狮子合唱团（现为狮子LION）"。

但以单纯乐团主唱的身份来说，就算"狮子合唱团（现为狮子LION）"不红也没有关系，因为"摇滚""乐团"对我的意义，早已经超越商业。

我也很感激公司一直把我组团的梦想放在心上，并帮我实现。

"我觉得，跟乐团一起练团演出，比发行专辑跟搞行销活动开心很多，登台演出更是这样，就算台下没有几位听众。"周慕姿跟我分享她的演唱心得。

她说得没错，玩音乐就是这么一件让人脑内啡狂飙的开心事。

如果不用考虑到市场，可能会是件更单纯而开心的事吧！

无论如何，现在我还可以开心地表演，还可以张口唱歌把我的心情传达给许多喜欢音乐的人，不管是身为一个歌手或是乐团主唱，我都很开心很感恩！

我存在因为我歌唱。

48

不论关系多亲密，
单纯直接最好

176

我喜欢跟人保持距离。

不管是朋友、家人或是情人间都该保持一定的距离。

不只是为了安全，更是一种礼貌。

我非常爱我的二哥，从小就很崇拜他。因为他，我参加宫庙活动；因为他，我开始接触音乐。

但每个人都有不同的运气。一起玩音乐的我们，在音乐的路上有着截然不同的境遇。

我不是没想过要帮助他，但这种事情，在兄弟的关系间该怎么拿捏？该怎么做？或做到什么程度，才能既帮助到他又能维护他的自尊呢？

前几年，我二哥在我的公司里任职，这对我来说，也是非常大的考验。

在血缘上，他是我敬爱的二哥。

在公司的体制里，我是他的老板。

对凡事要求完美的我来说，公事上我得一视同仁，不管是对工作品质的要求，或是工作上该有的规矩，我不能因为他是我哥就放水，否则我怎么面对跟要求其他的同事？

毕竟，就算不明说，公司内外的所有人都睁大眼看着我们。如果我徇私偏袒，别人会怎么说？这对他或对我，都不是件好事。

但在家庭关系，他是我的哥哥，是我从小追逐的背影。

于是，我们在公司共事的那段时间，我每天都得战战兢兢地拿捏分寸，就像在开车中，一下踩油门，一下踩刹车，努力保持安全距离……

这对我来说，真的很辛苦。

我哥最后离开了公司。我们又能恢复单纯的兄弟关系。

虽然我们不是经常联络，但他知道，我一直是那个跟在他身后关心他的弟弟。

这样就足够了。

版权登记号：01-2019-7762

图书在版编目（CIP）数据

不一样 / 萧敬腾著 . -- 北京：现代出版社，2021.1
ISBN 978-7-5143-8332-4

Ⅰ．①不… Ⅱ．①萧… Ⅲ．①随笔—作品集—中国—
当代 Ⅳ．① I267.1

中国版本图书馆 CIP 数据核字（2020）第 101136 号

本著作通过四川一览文化传播广告有限公司代理，由写乐文化授权出版
中文简体字版。

不一样

作　　者：萧敬腾
责任编辑：袁子茵
出版发行：现代出版社
通信地址：北京市安定门外安华里 504 号
邮政编码：100011
电　　话：010-64267325　64245264（传真）
网　　址：www.1980xd.com
电子邮箱：xiandai@vip.sina.com
印　　刷：北京瑞禾彩色印刷有限公司

开　　本：710mm×1000mm　1/16
印　　张：12.5　　　　　　　字　　数：90 千
版　　次：2021 年 1 月第 1 版　　印　　次：2021 年 1 月第 1 次印刷
书　　号：ISBN 978-7-5143-8332-4
定　　价：68.00 元

版权所有，翻印必究；未经许可，不得转载